EL Violín
y el viaje mágico de Martín

cuento: Montse Ciurans

ilustraciones: Subi

Bellaterra Música Ed.

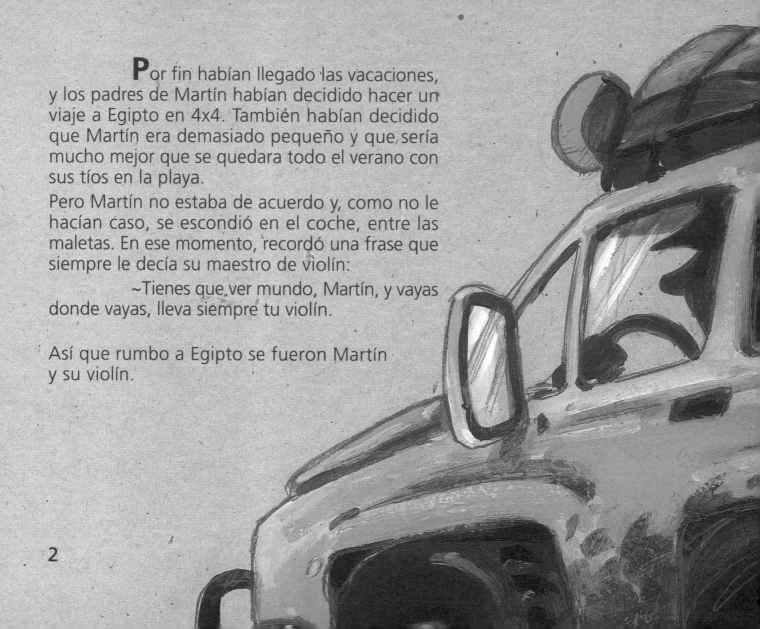

Por fin habían llegado las vacaciones, y los padres de Martín habían decidido hacer un viaje a Egipto en 4x4. También habían decidido que Martín era demasiado pequeño y que sería mucho mejor que se quedara todo el verano con sus tíos en la playa.

Pero Martín no estaba de acuerdo y, como no le hacían caso, se escondió en el coche, entre las maletas. En ese momento, recordó una frase que siempre le decía su maestro de violín:

~Tienes que ver mundo, Martín, y vayas donde vayas, lleva siempre tu violín.

Así que rumbo a Egipto se fueron Martín y su violín.

2

3

Después de muchas horas de traqueteo, golpes y sacudidas, llegaron ante las pirámides de Egipto. Los padres de Martín en seguida se fueron detrás de un guía que les llevó hacia el interior de una de las pirámides.

Martín, para que no le descubrieran, los seguía un poco retrasado, y se quedó sorprendido cuando escuchó un sonido que parecía de violín. Se acercó al músico y le preguntó:

~¿Cómo te llamas?

~Almud.

~¿Y eso que tocas es un violín?

~Sí, es un violín del Nilo.

~¡Ah! ¿Me dejas tocarlo?

5

Pasó el rato y, de pronto, se dio cuenta de que estaba oscureciendo y de que el coche ¡Ya no estaba!

~¡Qué miedo! Estoy solo en medio del desierto ¡Quiero volver a casa! -gritó.

Pero Almud en seguida lo tranquilizó:

~No pasa nada. Mis hermanos se van a Europa con los caballos. Si quieres, puedes hacer una parte del camino de vuelta a casa con ellos.

6

Martín cambió el miedo por las ganas de montar a caballo y en seguida le dijo que sí.

~Llévate mi arco, que te dará suerte en el desierto... ¡Buen viaje! -le dijo Almud.

Después de tres días de tremendo calor y tres noches de mucho frío, el paisaje empezó a cambiar. Entraron en un inmenso bosque frondoso y muy tupido y al fin aparecieron en el campamento de unos gitanos que comerciaban con los hermanos de Almud.

Allí les hicieron una fiesta de bienvenida donde los músicos tocaban violines con arcos de crines negras. Había fogatas y ríos de bebida y comida...
La gente estaba encantada y no paraba de bailar, tocar música y comer, y bailar más, tocar música de nuevo y comer otra vez...

Martín se quedó dormido,
estaba cansadísimo.

8

Al día siguiente, cuando se despertó, el campamento prácticamente ya no existía. Todos los carromatos estaban preparados para marcharse. Entonces, uno de los gitanos le contó que muy cerca de allí había una estación de tren. Martín se acercó hasta allí y...

¡Qué suerte! Estaba a punto de salir un tren en dirección a Viena. Todo parecía un sueño... después de tantas y tantas vueltas con el violín bajo el brazo ahora, de pronto, iría a parar a Viena, que es donde vivieron Mozart, Beethoven, Schubert y Brahms...

Aprovechó el viaje en tren para afinar el violín, tomar chocolate a la taza y dormir un poco más.

En Viena, todo eran palacios y jardines impresionantes. En un parque, de una glorieta, procedía un sonido de orquesta que tenía una magia que sólo podía venir de las calles de aquella ciudad. Parecía que las cuerdas de aquellos instrumentos fueran de oro.

Martín se acercó a la orquesta y le pidió a un músico que le dejara probar sus cuerdas de oro, y al escuchar cómo tocaba, el director exclamó:

~¡Oh! ¡Magnífico! Niño, tienes un sonido muy bonito ¿Quieres venir con nosotros a América? Serás nuestro músico invitado.

~¡¿Qué?!
Pero todavía había más sorpresas.

13

~**P**ara ofrecer este concierto tan especial tenemos que ir antes a Italia a buscar un violín Stradivarius -dijo el director con aire grandilocuente.

Esta sí que era buena. Había leído que esos violines antiguos tenían un sonido que nadie había sabido mejorar todavía.

Llegaron en autobús a Cremona, un pueblecito italiano lleno de luthiers que seguían construyendo violines fantásticos. Se quedaron a dormir allí, y Martín no pudo cerrar los ojos de tanta emoción.

CREMONA

14

15

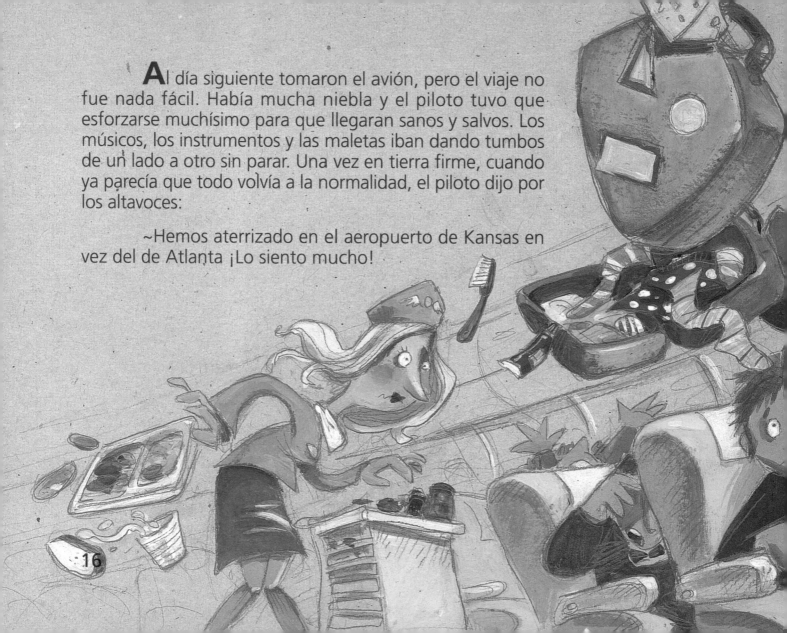

Al día siguiente tomaron el avión, pero el viaje no fue nada fácil. Había mucha niebla y el piloto tuvo que esforzarse muchísimo para que llegaran sanos y salvos. Los músicos, los instrumentos y las maletas iban dando tumbos de un lado a otro sin parar. Una vez en tierra firme, cuando ya parecía que todo volvía a la normalidad, el piloto dijo por los altavoces:

~Hemos aterrizado en el aeropuerto de Kansas en vez del de Atlanta ¡Lo siento mucho!

16

~¡**Q**ué desastre! Tendremos que esperar a mañana para dar el concierto...
El director estaba desesperado, pero Martín y el resto de músicos estaban
encantados, porque aquellos parajes les recordaban a las películas de indios y
vaqueros que a veces hacían por la tele.

Fueron a cenar a un restaurante donde había una fiesta country. Todos llevaban sombrero, pañuelo en el cuello y botas... y un grupo de músicos tocaba, cantaba y bailaba con mucha alegría.

~Qué manera más extraña de sujetar el violín -pensaba Martín.

19

Entusiasmado con todo lo que iba descubriendo, tenía ganas de contárselo a alguien, pero estaba lejos de casa y prácticamente nadie hablaba su idioma.

~Hacia el sur está la isla de Cuba. Allí todos te entenderán, son gente muy hospitalaria -le dijo un viejo vaquero que se llamaba Peter-.

~¿Me ayudarías a ir allí? -le preguntó Martín.

~Saldremos mañana a primera hora -le contestó Peter.

Y después de unas cuantas horas de descenso en canoa por el río Mississipi, llegaron a Nueva Orleáns y se embarcaron mar adentro en dirección a Cuba.

Al cabo de poco rato ya notaban el olor a pescado a la parrilla y los timbales que les daban la bienvenida.

20

A la mañana siguiente, los músicos de la isla le regalaron otro arco, y tocaron todos juntos una guaracha. Poco después lo acompañaron hasta el avión que lo llevaría de vuelta a casa.

~No sé por dónde empezaré a contar mi viaje mágico... A lo mejor, si toco las músicas que he escuchado...

Y llegó a su casa contento, con la cabeza llena de músicas, unos cuantos arcos diferentes en la maleta y muchos amigos en el corazón.

22

El violín - Orígenes:

El violín pertenece a la familia de los instrumentos de cuerda frotada.
Sus orígenes no se pueden definir totalmente, pero sí se sabe que existían instrumentos de cuerda frotada en los imperios del Islam, en algunas tribus nómadas de Asia Central que empezaron a utilizar la crin de los caballos para los arcos, así como en la Europa medieval.

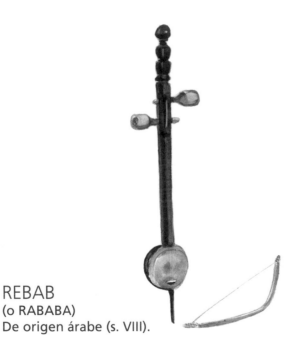

REBAB
(o RABABA)
De origen árabe (s. VIII).

RABEL
instrumento de uso popular
en la Península Ibérica desde
la Edad Media (como mínimo).

El violín y el arco actuales - Partes:

Partes principales del violín:

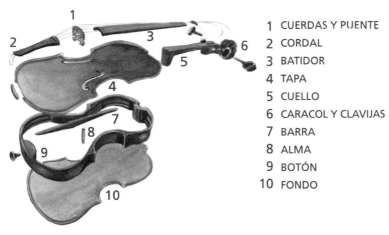

1. CUERDAS Y PUENTE
2. CORDAL
3. BATIDOR
4. TAPA
5. CUELLO
6. CARACOL Y CLAVIJAS
7. BARRA
8. ALMA
9. BOTÓN
10. FONDO

Partes principales del arco:

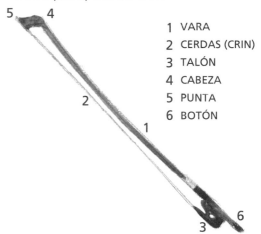

1. VARA
2. CERDAS (CRIN)
3. TALÓN
4. CABEZA
5. PUNTA
6. BOTÓN

Afinación del violín:

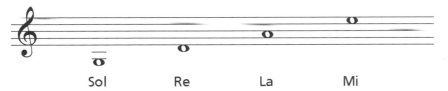

Sol   Re   La   Mi

Las cuerdas están afinadas en quintas ascendentes y el sonido se produce cuando son frotadas por las cerdas del arco.

El puente transmite la vibración de las cuerdas a la caja de resonancia y esta la amplifica mostrándonos el sonido del instrumento.

Algunos constructores importantes:

Gasparo da Saló (Brescia 1542-1609), Giovani Paolo Maggini (Brescia 1580-1603), Andrea Amati (Cremona 1510-1580) Nicola Amati (Cremona 1596-1684), Antonio Stradivari (Cremona 1648-1737), Giusseppe Guarnieri de Gesú (1687-1747)

OJOS NEGROS.

Adapt. Canción popular rusa.

EL Violín

1. Cuento: **El violín y el viaje mágico de Martín.**
   Narradora: Sílvia Vilarrasa.

2. **Ojos negros**, canción popular rusa.
   Oriol Saña, violín I Eladio Reinón, clarinete I Oriol González, contrabajo I Albert Bello, guitarra manouche.
   Invitada especial: Maria Reinón, violín.

3. **Lamma-bada**, tradicional árabe.
   Brossa Cuarteto de Cuerda: Aleix Puig Caminal y Pere Bartolomé Valls, violines I Anna Mayné Valls, viola I
   Oleguer Aymamí Busqué, violonchelo.
   Bernat Mayné Valls, percusión I Gregori Ferrer Olagorta, acordeón.

4. **Czárdás** de V. Monti.
   Aleix Puig Caminal y Pere Bartolomé Valls, violines I Oleguer Aymamí Busqué, violonchelo I Gregori Ferrer
   Olagorta, acordeón.

5. **Minuet,** L. Bocherini.
   Raul García Marian, violín I Xavier Pardo Sabartés, piano.

6. **Pequeña Serenata Nocturna (Allegro del 1er movimiento)**, W. A. Mozart.
   Brossa Cuarteto de Cuerda: Aleix Puig Caminal y Pere Bartolomé Valls, violines I Anna Mayné Valls, viola I
   Oleguer Aymamí Busqué, violonchelo.

7. **Las Cuatro Estaciones (Largo del Invierno)**, A.Vivaldi.
   Brossa Cuarteto de Cuerda: Aleix Puig Caminal y Pere Bartolomé Valls, violines I Anna Mayné Valls, viola I
   Oleguer Aymamí Busqué, violonchelo.

8. **Sonata nº2 en la menor, S.1003 (Allegro - fragmento)**, J. S. Bach.
   Raul García Marian, violín I Xavier Pardo Sabartés, piano.

9. **Going down the river/ Old Mother Flanagan,** tradicional americana.
   Greg Ryan, violín I René Dossin, contrabajo I Frank McMahon, guitarra.

10. **Ay, mama Inés** (guaracha-son), Eliseo Grenet.
    Carlos Caro Ugarriza, violín I Bladimir Santana Cañizares, guitarra I Antonio Alfonso Reinaldo, percusión.

11. **Liebeslied,** F. Kreisler.
    Raul García Marian, violín I Xavier Pardo Sabartés, piano.

© Edición: Bellaterra Música Ed.
© Ilustraciones: Subi.
© Cuento "El violín y el viaje mágico de Martín"
y textos: Montse Ciurans.

Serie: Historias de Instrumentos.
Idea y dirección: Montse Roig.

Cuento y músicas grabadas en el Estudio Laietana
(Barcelona) por Jordi Vidal durante el mes de
agosto de 2008.

Narradora cuento: Sílvia Vilarrasa.

Músicas interpretadas por: Oriol Saña,
Eladio Reinón, Oriol González, Albert Bello,
Maria Reinón, Brossa Cuarteto de Cuerda
(Aleix Puig Caminal, Pere Bartolomé Valls,
Anna Mayné Valls, Oleguer Aymamí Busqué),
Bernat Mayné Valls, Gregori Ferrer Olagorta,
Raul García Marian, Xavier Pardo Sabartés,
Greg Ryan, Carlos Caro Ugarriza, Bladimir Santana
Cañizares, Antonio Alfonso Reinaldo.

Todas las músicas han sido grabadas
especialmente para este proyecto excepto
el tema Going down the river/ Old Mother
Flanagan, tema cedido por Greg Ryan.

Diseño gráfico: Caro Davidsohn Benet.

Traducción: Mariana Orozco.

Agradecemos la colaboración de: Clara del Ruste,
Raquel Llorca, Judit Fàbregas, Greg Ryan, Dani
Coma y Oriol Campmany.

www.bellaterramusica.com/ed
info@bellaterramusica.com
Tel.: (34) 93 580 42 46 l fax: (34) 93 586 56 76

D.L. B-42394-2008
ISBN 978-84-935883-5-9
Primera edición: septiembre 2008.
Printed in Spain.